Hartmut Vahl

NAPOLA SCHULPFORTA 1943 BIS 1945

Erinnerungen eines Schülers

Die Fotomontage auf dem Umschlag zeigt Jungmann Hartmut Vahl

zusammen mit seiner älteren Schwester und seinem jüngeren Bruder

Herstellung: Libri Books on Demand

I S B N   3 – 8311 – 0026 - 8

Besuch in der Schule

Auswahl in Jena in der Grundschule (Nordschule): zwei Parteileute in braunen Uniformen mit Hakenkreuz-Armbinden kommen und nehmen am Unterricht teil. Sie sind freundlich und hören zu. Am Ende der Stunde geben sie sich zu erkennen, sagen, weshalb sie hier sind und was ihr Anliegen ist. Sie suchen Nachwuchs für eine Napola. Das ist die Abkürzung für Nationalpolitische Erziehungsanstalt. (abgekürzt = N.P.E.A.) An vier oder fünf Jungen finden sie Gefallen und fragen, ob diese eventuell Lust hätten, in Schulpforta, einer N P E A, einem Internat, im nationalsozialistischen Sinne und als Elite für das Reich ausgebildet zu werden. Ich bin einer von den wenigen, die in die engere Wahl kommen. Wir sollten die Sache, wenn wir Lust hätten, einmal mit unseren Eltern besprechen.

Vater ist dafür, weil Mutter mit uns vier Kindern zur Zeit überfordert ist wegen gesundheitlicher Probleme. Deshalb sollen meine ältere Schwester und ich Internatschulen besuchen und nur die beiden jüngsten Geschwister zu Hause bei der Mutter bleiben.

Zur Aufnahmeprüfung fahre ich nach Schulpforta. Vater bringt mich hin. Er ist höherer Offizier und in Uniform. Vater und ich werden vom Anstaltsleiter in seinen Räumen persönlich empfangen. Der Leiter heißt Person, die Betonung liegt auf dem e. Der Anstaltsleiter sagte zu uns, wenn ich nicht gar zu schlecht im Sport und in den übrigen Schulfächern abschneide, dann würde ich die Prüfung bestehen.

Die Aufnahmeprüfung in Schulpforta, die sich über mehrere Tage hinzieht und unter anderem auch für Nichtschwimmer einen Mutsprung ins tiefe Wasser verlangt, bestehe ich.

Schulpforta in Thüringen bei Naumburg ist ein ehemaliges Zistertienser Kloster und im Jahre 1943 altsprachliches, humanistisches Gymnasium mit Latein und Griechisch als Fremdsprachen. Einen hohen Stellenwert in der Ausbildung hat das Fach Sport. Es werden viele Sportarten angeboten wie z.B. Reiten, Schießen, Segelfliegen, Geländespiele und Geländekunde. Die meisten Sportarten sind obligatorisch, es muß also jeder Schüler daran teilnehmen.

Die Ankunft in Schulpforta

Vater und ich kommen in Naumburg auf dem Bahnhof an, wollen den Bus nach S. nehmen, der aber fährt nicht oder nicht zu dieser Zeit. Vater trägt mir den Koffer. Vater ist in Uniform. Es ist die Uniform eines Brigadeführers der Waffen-SS (entspricht dem Range eines Generalmajors beim Heer). Vater war 1942 vom Heer zur Waffen-SS versetzt worden, die neben der Wehrmacht eine weitere Kampftruppe war.

Nach 2 km Fußmarsch erreichen wir den Innenhof der NPEA in S. Aus den oberen Fenstern schauen die Neuankömmlinge von gestern. Es stellt sich heraus, daß wir einen Tag zu spät gekommen sind. Ich bin beunruhigt, erkundige mich, ob die anderen schon eingekleidet sind. Die aus den Fenstern sehenden neuen „Jungmannen" bestaunen die Uniform meines Vaters. Ich habe das Gefühl, sie

2

begaffen uns. Vater hat als höherer Offizier im Krieg (1943) nicht viel Zeit, muß bald wieder weg.

Er verabschiedet sich von mir, und ich bin allein. Das erste Mal im Leben für längere Zeit von zu Hause weg und allein.

Die Stubengemeinschaft

Ich werde einer Stubengemeinschaft zugeteilt, der ein „Stuben-ältester", ein etwa 14-jähriger Junge, vorsteht. Auf der Stube sind wir vielleicht 5 oder 7 Jungen, alle im Alter von rund 10 Jahren. Wir Jungen werden „Jungmannen" genannt und sind dem Stubenältesten zum Gehorsam verpflichtet. Geschlafen wird in einem großen Schlafsaal unter dem Dach mit etwa 25 Jungen zusammen; gegessen wird in einem großen Speisesaal zu ebener Erde. Es erfolgt für mich die um einen Tag verspätete „Einkleidung", ich erhalte wie ein Soldat meine Ausrüstung: Wäsche, Strümpfe, Schuhe, Uniform, Ausgehuniform, Tornister, Zeltbahn, Decke, Kochgeschirr, Koppel und Koppelschloß und so weiter. Alle diese Sachen müssen in einem eigenen kleinen Schrank, genannt: „ Spind", fein säuberlich untergebracht werden und in einer ganz bestimmten Ordnung an ihrem Platz liegen. Insbesondere muß die Wäsche genau „auf Kante" liegen.

„Auf Kante" bedeutet daß zum Beispiel alle Unterhosen oder Oberhemden so zusammengelegt und übereinander aufgeschichtet im Schrank liegen müssen, daß sie eine Art Paket mit senkrechten

Kanten bilden. Der Stubenälteste kontrolliert von Zeit zu Zeit, ob die Wäsche im Spind ordentlich auf Kante liegt. Kontrolliert wird bei allen Jungmannen, die auf einer Stube liegen, gleichzeitig. Das ganze wird „Spindappell" genannt. Ist die Wäsche nicht ordentlich auf Kante, wird sie „eingerissen". Das bedeutet, der Stubenälteste reißt den Wäscheaufbau entzwei; die Wäsche wird aus dem Schrank auf den Boden geworfen. Und damit nicht genug. Jetzt kommt der Befehl, in etwa 5 oder 10 Minuten den Schrank wieder ordentlich aufgeräumt zu haben. Wer das nicht schafft, muß strafexerzieren. Er muß auf Befehl des Stubenältesten zum Beispiel Kniebeugen machen oder Liegestütze oder auf dem Boden wie eine Robbe "robben". Es kann auch sein, daß der Stubenälteste den Befehl gibt:, „auf den Spind, marsch, marsch!" Dann muß der Jungmann auf den Schrank klettern. Das alles kann der 14-jährige Stubenälteste dem 10-jährigen Jungmann so lange befehlen, wie er es für richtig hält.

Das „Bettenbauen"

Die Betten müssen folgendermaßen gemacht werden: das Laken muß an allen Seiten fest gespannt sein, es dürfen keine Falten oder Kuhlen im Laken zu sehen sein. Die Bettdecke ist in einer bestimmten Form zusammenzulegen. Sie wird an beiden Längsseiten eingeschlagen und dann durch mehrfaches Überschlagen zu einer Art Kasten zusammengebaut. Dieser Kasten muß in der Mitte der unteren Betthälfte von beiden Außenkanten gleich weit entfernt liegen. Der Kasten muß in sich „auf Kante" sein.

Beim Morgenappell wird dann vor versammelter Mannschaft vorgelesen, wer beim Bettenbauen „aufgefallen" ist; das heißt, wer sein Bett nicht ordentlich gemacht hat. Abgesehen davon, daß das gebaute Bett „eingerissen" wurde, muß derjenige, der „aufgefallen" ist, sich bei seinem Stubenältesten melden und wird später dafür mit „Strafexerzieren" belegt.

Ich falle in der ersten Zeit fast täglich beim Bettenbauen auf. Ob die Betten richtig gemacht sind, kontrolliert ein „Zugführer vom Dienst", ein 14 bis 16-jähriger Jungmann eines 4. bis 6. Zuges.

Die Schwimmstunde

Jeden Mittwoch ist nachmittags Schwimmen. Dazu marschieren wir zugweise nach Naumburg, wo im Areal einer anderen N.P.E.A., der N.P.E.A. Naumburg, ein Hallenschwimmbad ist. Dort mußte schon jeder Prüfling, bevor er angenommen wurde, den „Mutsprung" ins tiefe Wasser machen. Ich mußte ihn auch machen. Sonst wäre ich wohl wegen Feigheit nicht aufgenommen worden. Das Bad kenne ich also. Leider kann ich immer noch nicht schwimmen. Das bedeutet, daß wir Nichtschwimmer jedesmal ins tiefe Wasser springen müssen und dann von etwas größeren 14-16-jährigen Jungmannen, die Rettungsschwimmen können, herausgeholt werden müssen. Wir Nichtschwimmer müssen also immer wieder unseren Mut beweisen und die Rettungsschwimmer immer wieder ihr Können. Dabei schlucke ich stets viel Wasser, fühle mich jedesmal nicht weit vom Ertrinken. Die ganze Woche fürchte ich mich vor dem Mittwoch. Aber

5

wie hatte doch Adolf Hitler gesagt? „Ich will eine harte, grausame Jugend! Denn wie in der Wildnis nur die stärksten und grausamsten Tiere überleben, so wird auch die deutsche Jugend nur über andere siegen können, wenn sie zur Härte und Grausamkeit erzogen wird." So sollten wir eben abgehärtet werden.

Kamerad Herrlein

Wenn unser Stubenältester zum Beispiel beim Spindappell mit einem von uns Jungmannen sprach, dann mußte der so angesprochene Untergebene vor dem Stubenältesten stramm stehen. Das bedeutete, Hacken zusammen, gerade stehen und die Hände an der Hosennaht angelegt haben. Auf Fragen mußte wahrheitsgetreu geantwortet werden, Befehle und Anordnungen mußten mit dem Wort „Jawohl" quittiert werden.

Eines Tages hatte mich der Stubenälteste vor wegen irgend einer Sache, vielleicht war der Spind nicht gut aufgeräumt. Er „schnauzte" mich an. Das verfolgte mein Kamerad H., trat an uns beide heran und rief mir zu: „Mensch, leg`gefälligst die Hände an die Hosennaht!" Mein vorgesetzter Stubenältester und ich waren zunächst beide sprachlos, dann polterte der Stubenälteste gegen Kamerad H. los: was ihm wohl einfiele, sich in die Sache einzumischen und er hätte als Jungmann im gleichen Rang mit mir, mir gar nichts zu befehlen. (H. war im selben Zug mit mir und war wie ich ca. 10 oder 11 Jahre alt.) Jetzt sagte der Stubenälteste folgendes zu mir: „Du kannst dem H. innerhalb der nächsten halben Stunde alles befehlen, was Du

6

willst; es darf natürlich nichts Unvernünftiges sein, also zum Beispiel darfst Du ihm nicht befehlen, er soll aus dem Fenster springen.

Ich befahl ihm daraufhin einige Kniebeugen, einige Liegestütze und sonstige Freiübungen zu machen. Übertreiben wollte ich allerdings meine zeitweilige Macht über ihn auch nicht; denn man konnte nie wissen, welche späteren Nachteile zu erwarten waren, falls man ihn allzu wütend machte und er dann auf irgendeine Rache sinnen würde. Daß ich ihn nur mäßig strafte, tat mir aus diesem Grunde auch dann nicht leid, als ein anderer Kamerad meinte, ich sei zu human mit dem H. verfahren und er an meiner Stelle hätte es ihm in diesem Falle ganz anders noch gezeigt.

Die Arbeitsstunde

Von 17.00 bis 19.00 Uhr war an Wochentagen die sogenannte Arbeitsstunde. In dieser Zeit hatten wir Jungmannen unsere Schulaufgaben anzufertigen. Es waren die Aufgaben aus den Fächern Latein, Mathematik, Deutsch, Erdkunde und so weiter. Der Stubenälteste hatte während dieser Zeit die Aufsicht. Er selbst hatte dabei auch seine eigenen Hausaufgaben zu erledigen. Während dieser Zeit durfte nicht gesprochen werden. Darüber wachte der Stubenälteste. Wer gegen das Sprechverbot verstieß, mußte auf Befehl des Stubenältesten später in der Freizeit strafexerzieren, solange und soviel er es für richtig hielt. Unser Stubenältester hatte das Sprechverbot noch eigenmächtig auf andere Verhaltensweisen von uns erweitert: wir durften während der Arbeitsstunde nicht aufstoßen und keine sonstigen Geräusche machen. Wer dennoch dagegen verstieß, mußte sich ebenfalls nach der Arbeitsstunde bei Ihm zum Strafexerzieren melden.

Die Uniformen

Im Anstaltsbereich wurden olivgrüne Uniformen getragen, im Sommer olivgrüne Blusen und dazu beigefarbene kurze Cordhosen. Im Winter wurden olivgrüne Jacken und olivgrüne Überfallhosen angezogen. Die Schulterstücke waren schwarz , und auf ihnen stand mit weißen Druckbuchstaben die Abkürzung N P E A für nationalpolitische Erziehungsanstalt. Als Kopfbedeckung gab es ebenfalls olivgrüne Käppis.

Für Ausmärsche außerhalb der Anstalt hatten wir Jungmannen andere Uniformen: es waren fast die gleichen schwarzen Uniformen, wie sie von den allgemeinen Pimpfen und Hitlerjungen getragen wurden. Unsere hatten nur geringe Abweichungen: so trugen die allgemeinen am Arm den Blitz auf rotem Kreisgrund, wir ihn auf weißem Kreisgrund.

Auf diese Uniformabweichungen waren wir stolz. Wir fühlten uns als die Elite der deutschen Jugend. Auf alle anderen sahen wir mit Herablassung. Ich war übermäßig stolz. Unsere Ehre stand sehr hoch im Kurs, und wer diese Ehre mißachtete oder gar verletzte, der bekam Sanktionen zu spüren. Das galt ganz besonders für Jungen, die nicht zur N P E A gehörten.

Ein Ausmarsch nach Naumburg

Einmal marschierten wir mit mehreren Zügen in die Stadt Naumburg.
Wir trugen die allgemeine Ausgehuniform (schwarz) und hatten auch
Trommler und Fanfarenbläser mit dabei. Auf einem freien Platz
nahmen wir Aufstellung und bildeten ein an einer Seite offenes
Viereck. Die Fanfarenbläser und Trommler machten Musik, und wir
sangen dazu Soldatenlieder und andere Lieder. Wir waren zwei
zweite Züge und ein vierter Zug. Die Jungen der zweiten Züge waren
etwa 11 bis 12 Jahre, die des vierten Zuges etwa 14 bis 15 Jahre alt.
Da kamen zwei fremde Jungen in Zivilkleidung in unser offenes
Viereck zu uns und machten sich in provozierender Weise über uns
lustig. Zunächst wurden sie von uns übersehen und nicht beachtet,
denn sie standen im Range weit unter uns. Sie aber, als sie merkten,
daß ihnen niemand Einhalt gebot, trieben es immer ärger und ärger.
Sie lachten uns aus, johlten, beleidigten uns und die ganze N P E A.
Wir alle sahen auf unseren Zugführer vom Dienst, dessen
Befehlsgewalt wir unterstanden. Was würde er machen?
Eine schwierige Situation war entstanden: sollte gegen die beiden
Lümmel eingeschritten werden? Dagegen sprach, daß diese beiden
weit unter uns standen; durch ein Einschreiten würde ihnen mehr
Beachtung geschenkt werden, als ihnen zukam. Weiter waren die
beiden stärkemäßig uns hoffnungslos unterlegen, ein Vorgehen mit
solcher Übermacht hätte als feige ausgelegt werden können. Aber die
beiden wurden immer unverschämter, wollten anscheinend
ausprobieren, wo für uns die Grenze lag. Sie waren etwa auch 13 bis

9

14 Jahre alt, so alt wie die Jungmannen unseres vierten Zuges.

Unser Zugführer vom Dienst war etwa 16 Jahre alt.

Alle sahen immer wieder auf unseren Z.v.D. (Zugführer vom Dienst),

sollten wir uns immerfort so verhöhnen lassen? Sollten unsere Ehre

und unser Stolz so in den Schmutz getreten werden?

Wir selbst durften aber von uns aus nichts ohne Befehl des Z.v.D

unternehmen, das hätte sonst schwere Strafen gesetzt.

Aber wir alle schäumten vor Wut, fanden die Lage unerträglich.

Waren wir diesen Rüpeln gegenüber ehr- und wehrlos? Durften sie

die geheiligten Bräuche des Nationalsozialismus schamlos immerfort

beleidigen, was von uns kein einziger auch nur während einer halben

Minute durfte?

Verständnislos standen wir da und waren wie gelähmt.

Da kam endlich und wie eine Erlösung vom Z.v.D. der Befehl:

„Vierter Zug drauf!"

Unser 4. Zug stürzte sich wie befohlen auf die beiden , und in ganz

kurzer Zeit waren diese fürchterlich verdroschen und liefen weinend

und schreiend davon.

Danach hörte man eine Frau -- wohl die Mutter des einen – zetern:

„Meinen Karle ham se grün und blau geschlagen!"

Die Sache hatte noch ein Nachspiel: eine der Mütter beschwerte sich

bei unserem Zugführer, und als wir abmarschierten, ging sie neben

dem Zugführer mit und wollte unsere Einheit und den oder die

Vorgesetzten des Zugführers feststellen. Was dann danach

gekommen ist, weiß ich nicht. Aber unser Zugführer war sehr

schweigsam, nachdenklich und unter Druck auf dem ganzen

Rückmarsch, er mußte uns ja zurückführen in die Anstalt. Der Frau antwortete er auf ihre Vorhaltungen kaum.

Der Besuch bei den Holländern

Wir hatten in Schulpforta zwei holländische Sportlehrer. Der eine trug die braune Anstaltsuniform der Erzieher mit Hakenkreuz-Armbinde; der andere trug grundsätzlich keine Uniform, sondern nur Zivilkleidung. Das war ungewöhnlich. Er war aber ein guter, tüchtiger Sportlehrer und konnte es sich wohl leisten, das Uniformtragen abzulehnen. Wir Jungmannen schlossen daraus, daß er vielleicht nicht so 100-prozentig für den Nationalsozialismus war, wie das sonst bei unseren Betreuern der Fall war. Im Sportunterricht sagte er immer zu uns: „Ihr mußt konzentrieren!"

Man brauchte also, wenn man genügend Zivilcourage hatte, keineswegs alles mitzumachen, selbst an einer nationalsozialistischen Eliteschule nicht. Und viele Holländer hatten Zivilcourage.

Eines Nachmittags oder Abends wollte ich zusammen mit noch einem anderen Jungmann den Sportlehrer, der nur Zivil trug, aus irgend einem Grund in seiner Wohnung besuchen. Er war aber nicht da. Stattdessen wurde von seiner Familie geöffnet, es waren zwei Frauen im mittleren Alter. Sie öffneten also die Tür, nachdem wir angeklopft hatten; und ich erinnere mich noch gut, welchen erschrockenen Gesichtsausdruck die Frauen hatten, als wir in der geöffneten Tür standen. Dann aber, als sie uns 10 – 11-jährigen

Jungmannen sahen, wirkten sie sehr erleichtert und erfreut, ließen uns eintreten, waren nett und freundlich zu uns und behandelten uns fast wie mit Liebe.

Wahrscheinlich wußten die Holländer damals im Jahre 1943 oder 1944 mehr über die Greueltaten von uns Deutschen in den besetzten Gebieten und in den deutschen Konzentrationslagern als wir und wußten demnach auch, was ein Klopfen an der Tür bedeuten konnte: nämlich die Abholung und das Verschwinden für immer!

Damals konnte ich mir keinen Reim darauf machen, wieso die Frauen so erschrocken waren und dann so erleichtert wirkten. Heute ist es mir klar.

Terror im Schlafsaal

Unser Schlafsaal lag oben in der höchsten Ebene des Gebäudes unterm Dach. Jeder Zug hatte seinen eigenen Schlafsaal. Im Schlafsaal waren wir 11-jährigen Jungmannen des 2. Zuges unter uns. Jedenfalls glaubten wir das. Sonst waren wir ja immer mit Vorgesetzten zusammen: entweder mit den Lehrern oder mit den älteren Stubenältesten oder Zugführern. Im Schlafsaal schimpften wir über die älteren Jungmannen des 4. Zuges, 14 – 15- jährige Jungmannen, die uns tagsüber schikanierten und „schliffen" und schütteten uns gegenseitig unser Herz aus. Es dauerte gar nicht lange, da erschienen einige dieser älteren Vorgesetzten und verprügelten uns in unseren Betten. Sie setzten sich rittlings auf uns und schlugen uns mit den Fäusten auf die Muskeln der Oberarme .

12

Das konnte zwar nicht ernsthaft verletzen, tat aber gemein weh. Ich hatte mich besonders negativ über einen 14-jährigen mit Namen Stintkopf ausgelassen, der dann eine ganze Weile seinen Unmut auf diese Weise an mir ausließ. Wir waren also im Irrtum gewesen, als wir glaubten, unter uns zu sein, waren von den größeren belauscht worden. Einer aus unserem Zug, ein gleichaltriger Kamerad sagte hinterher, daß ein größerer direkt neben seinem Bett gestanden und gelauscht habe, danach sei er die anderen Vorgesetzten des 4. Zuges holen gegangen. Dieser Jungmann von uns hatte uns anderen also nicht gewarnt. Er hatte wohl Angst, dann selbst verprügelt zu werden. Der Jungmann, der mich „bestraft" hatte, mußte übrigens ein guter Schachspieler sein, denn er spielte hin und wieder mit unserem Anstaltsleiter, Herrn Person, Schach.

Nach einiger Zeit unterhielten wir uns wieder unvorsichtig im Schlafsaal, und der selbe Vorgang wiederholte sich.

Kritik an Vorgesetzten wurde eben nicht geduldet – egal ob sie berechtigt war oder nicht. Die älteren hatten immer Recht, wir immer Unrecht. Das mußte so sein, war ein Teil der Ordnung. Trotz dieser Unterdrückung fanden wir uns damit ab, waren noch stolz, dieser Ordnung, dieser N P E A anzugehören und damit ein Teil der „Elite" zu sein. Im Ergebnis waren wir stolz darauf, unterdrückt und schikaniert zu werden. Den Widerspruch dabei sahen wir nicht. Der Gedanke, daß an unserem politischen System etwas nicht in Ordnung sein könnte, kam uns nie.

Im Zeltlager

Im Sommer 1944 waren wir mit mehreren Zügen im Zeltlager an der Lossa, welche im Unstruttal/ Nordthüringen fließt. Oft sahen wir am Himmel Fliegergeschwader, die in großer Höhe dahinzogen. Jemand sagte: da oben fliegen sie. Was sind das für Flugzeuge, die da oben fliegen, fragte ich. Das sind die Amerikaner, bekam ich als Antwort. Warum, so sinnierte ich, können die Amerikaner im deutschen Luftraum so ungehindert fliegen, und wo sind unsere Jagdflugzeuge, um sie abzufangen und anzugreifen. Aber laut fragte ich das nicht. Zu jener Zeit hatten die Alliierten längst die uneingeschränkte Luftherrschaft über Deutschland und konnten nach Belieben überall hinfliegen und Bomben werfen. Es war aber nicht üblich zu fragen, warum sie das konnten. Dabei hätten solche Fragen doch nahe gelegen. Hatte doch Herrmann Göring einst gesagt: „Wenn ein feindliches Flugzeug nach Berlin kommt, heiße ich Meier." Er hätte schon lange Meier heißen können, aber kaum jemand nannte ihn so; wenigstens nicht laut und öffentlich. Dabei waren Berlin und die großen Städte im Rhein-Ruhrgebiet zu jener Zeit schon teilweise in Schutt und Asche gelegt.

Es war aber gefährlich, zu viel zu fragen. Selbst die größeren taten das nicht und wir 11- 12-jährigen erst recht nicht.

An ein sonderbares Ereignis im Zeltlager erinnere ich mich noch recht gut:

wir waren vor unseren Zelten und hatten gerade dienstfrei, da fing ganz unvermittelt ein größerer Jungmann – vielleicht 14 - 16 Jahre alt - zu singen an. Er sang allein ohne Anlaß und Aufforderung

14

folgenden Text: „O Herr, gib uns den Moses wieder, auf daß er seine Glaubensbrüder heimführ` in das gelobte Land! Gib, daß das Meer sich wieder teile, und daß die hohe Wassersäule feststeht wie eine Felsenwand! Oh Moses, Oh Isaak!
Wenn dann in dieser Wasserrinne das ganze Judenpack ist drinne, Oh Herr, dann mach` die Klappe zu, und alle Völker haben Ruh`!"

Auf diesen Schmähgesang gegen die Juden bekam der Jungmann keinerlei Reaktion. Er bekam weder Beifall noch Tadel weder von den erwachsenen uniformierten Erziehern noch von seinen gleichaltrigen noch von uns jüngeren . Es war irgendwie peinlich. Besonders der Sänger schien unsicher zu sein oder sich vielleicht gar etwas zu schämen, denn niemand hatte in sein Schmählied eingestimmt. Wir jüngeren verstanden das ganze auch nicht. Die älteren vermieden wohl das Thema „Juden". Der Sänger ging schließlich sehr verunsichert weg. Es schien, als ob er im Zweifel sei, ob sein Gesang angebracht und richtig gewesen wäre. Danach habe ich später nichts ähnliches mehr gehört.

Im Schafstall

Einmal sagten Kameraden aus unserem 2. Zug, im Schafstall lägen mehrere Tote. Wir könnten auf einen Mauervorsprung klettern und durch ein Fenster diese Leichen sehen.
Auf dem Gelände der N P E A Schulpforta gab es einen solchen Schafstall, der aber für Schafe wohl nicht mehr benutzt wurde.

Ich kletterte also mit zwei oder drei anderen Jungmannen auf diesen Mauervorsprung und sah durchs Fenster. Am Boden lagen dort nebeneinander etwa 5 bis 7 tote Soldaten in olivgrünen Uniformen. Sie schienen unverletzt und lagen, als ob sie schliefen. „Das sind abgeschossene amerikanische Flieger!" ... sagte jemand von uns. Ich dachte noch lange über das Gesehene und Erlebte nach. Es wunderte mich, daß die Toten so unverletzt dalagen.

Damals wurde in der Bevölkerung der Haß auf die allierten Bomberpiloten geschürt, sie wurden Terror-Flieger genannt, welche wehrlose Frauen und Kinder ermordeten. Daß unsere eigenen Flieger ebenfalls feindliche Städte bombardierten, wurde dabei verschwiegen.

Es hieß, die Bauern würden mit Mistgabeln auf abgeschossene allierte Piloten losgehen aus Rache für deren Taten.

Ich dachte damals viel darüber nach, warum die Flieger keine sichtbaren Verletzungen hatten.

Heute halte ich es für möglich, glaube es sogar, daß diese Flieger nach der oder bei der Gefangennahme erschossen wurden. Man nannte das seinerzeit: „auf der Flucht erschossen!!!"

Italienische Fremdarbeiter

Auf dem Gelände der N P E A – Internatschule arbeitete einmal eine Gruppe italienischer Arbeiter. Sie wurden damals nicht wie heute Gastarbeiter, sondern „Fremdarbeiter" genannt. Wir sahen zufällig, wie jemand von ihnen von deutschen Aufsehern geschlagen wurde.

Das fanden wir nicht in Ordnung und fragten, was derjenige denn getan hätte und warum er gestraft würde. Als Antwort bekamen wir zu hören, die Italiener seien erstens Verräter und zweitens beim Arbeiten faul. Vielleicht waren es Kriegsgefangene, denn Italien hatte unter dem Marschall Badoglio inzwischen sich von Deutschland losgesagt, war aus dem Lager unserer Verbündeten ins Lager unserer Feinde übergewechselt und hatte uns den Krieg erklärt. Ein Teil der Italiener unter dem Duce Mussolini kämpfte zwar noch tapfer auf unserer Seite, aber das war wohl nur noch der kleinere Teil.

Jedenfalls fragten wir die italienische Gruppe, ob sie für Badoglio seien oder für Mussolini. Sie antworteten mehrstimmig und mehrmals: „Mussolini, Mussolini!"

Die deutschen Aufseher meinten dazu, das wären nur Lügen, diese Italiener wären Verräter, ihnen sei nicht zu glauben und nicht zu trauen.

Wir machten uns unsere eigenen Gedanken: waren sie für Mussolini, dann geschah ihnen Unrecht, waren sie für Badoglio, geschah ihnen recht. Deshalb fragten und sagten wir nichts mehr. Schließlich wurden auch wir von den älteren Jungen geschlagen, wenn wir gegen sie opponierten, und wir waren in diesem Falle auch wehrlos.

Der Spottgesang im Speisesaal

An einigen Abenden wurden im großen Kreis - meist zugweise – Lieder gesungen. Ein älterer Jungmann aus dem 4. Zug spielte dazu auf der Zieharmonika. Wir sangen gern. Meist waren es

Soldatenlieder wie zum Beispiel das Lied: „...Das Leben ist ein Würfelspiel.." oder das Lied vom kalten Westerwald oder auch: „Wir traben in die Weite, das Fähnlein weht im Wind..."

Zu letztgenanntem Lied beziehungsweise zu seiner Melodie dichteten wir einen eigenen Text, der unseren Verdruß über die Unterdrückung durch alle älteren – wie die älteren Jungmannen aber auch die erwachsenen Erzieher und Lehrer -- ausdrückte.

Wir hatten nämlich auch einen Latein- Lehrer, der uns bisweilen verprügelte, wenn die Latein- Vokabeln nicht gut gelernt waren. Dazu mußten wir nachmittags einzeln zu ihm kommen und bekamen dann Schläge mit dem Rohrstock übergezogen.

Letzteres wurde allerdings nach unseren Beschwerden bald abgestellt, weil es eines Jungmannen unwürdig erkannt wurde, Prügel mit dem Stock zu empfangen.

Jedenfalls setzte sich in uns die Ansicht fest, daß auch das Fach Latein dazu da sei, um uns zu peinigen. Wir nannten daher das Latein „Stuß", was soviel bedeutete wie überflüssiger Unsinn. Das Latein- Lehrbuch wurde „Stuß-Buch" genannt.

Und nun kommt der Text des Liedes, den wir sangen: „Wir traben in die Weite, das Stuß- Buch liegt im Spind, die NPEA macht Pleite, wenn wir geflogen sind; und fragen uns die Leute, warum kehrt ihr nach Haus, dann schreit die ganze Meute, hier hält`s kein Schwein mehr aus!"

Dies Lied sangen wir gern und oft, wenn wir unter uns waren. Einmal sangen wir es im Speisesaal, wo erwachsene Erzieher mit anwesend waren. Das ging zu weit und konnte so nicht mehr hingenommen werden. Jede Art von Kritik am Nationalsozialismus – auch scheinbare Kritik an seinen Einrichtungen - wurde nicht geduldet und im Keim erstickt. Als „Dummer Jungen- Streich" konnte das Spottlied nicht mehr durchgehen.

Auch wurde uns vorgehalten, wir seien nicht wert, als Elite des Staates und auf Staatskosten ausgebildet zu werden, wenn wir sangen...... „hier hält`s kein Schwein mehr aus!".

Es mußte eine Sanktion kommen.

Wir alle mußten bald darauf auf dem Appellplatz vor dem Hauptgebäude antreten.

Dann mußten nach und nach die einzelnen älteren Jungmannen, die zum Teil Zugführer und sogar Hundertschaftsführer waren, vortreten und wurden von einem erwachsenen, uniformierten Erzieher einzeln gefragt, ob sie mitgesungen hätten.

Einige von ihnen gaben zu, mitgesungen zu haben, andere verneinten, obwohl sie sehr wohl mitgesungen hatten. Sie hatten anscheinend Furcht vor Sanktionen, weil das ganze jetzt ernst zu werden schien. Wir jüngeren wurden gar nicht erst gefragt. Es wurde unterstellt, daß wir alle das Spottlied mitgesungen hätten.

Nach dieser Befragung auf dem Appellplatz passierte zunächst einmal nichts. Dann nach einiger Zeit ging nachts die Alarmklingel. Wir alle mußten aufstehen, in Uniform antreten und mit mehreren Zügen ins Gelände ausrücken. Der Mond schien. Es ging zu einem sehr schmutzigen, morastigen Feld. Dort wurde haltgemacht, und jetzt mußten wir auf Kommando durch den Schlamm kriechen und robben. Dazu erklangen immer wieder Befehle wie: „Hinlegen, auf marsch, marsch!" , „Volle Deckung!", „Fliegerdeckung!". Auf den Befehl „Volle Deckung!" mußten sich alle sofort hinwerfen. Das Kommando „Fliegerdeckung!" bedeutete, daß jeder noch schnell eine Ackerfurche oder ein Gebüsch als Deckung gegen Fliegersicht aufsuchen mußte. Nach kurzer Zeit waren wir alle sehr erschöpft und von Erde und Dreck verschmiert. Einige konnten kaum noch. Da wurden wir von den erwachsenen Erziehern in Uniform, die als Anordner und Befehlsgeber mitmarschiert waren, belehrt, daß das der Lohn für unser gesungenes Spottlied sei. Da wir gesungen hätten: „Hier hält`s kein Schwein mehr aus!", hätten wir uns selbst als Schweine bezeichnet und sollten uns nicht wundern, wenn wir nun auch als Schweine behandelt würden.

Als wir alle kaum noch konnten, erklang der Befehl zum Rückmarsch in die Unterkünfte der Anstalt. Doch jetzt kam die zweite, fast noch mehr gefürchtete Sanktion: wir mußten in sehr knapp bemessener Zeit alle gewaschen und mit tadellos gesäuberter Uniform wieder antreten. Wer es nicht schaffte, mußte zu späterer Zeit strafexerzieren.

Danach hüteten wir uns davor, das Lied noch einmal zu singen.

Flagge Lucy

Wir Jungmannen hatten mehrere Anzugsgarnituren, wie zum Beispiel: Anstalts- Uniform, Ausgehuniform, Mantel und Tornister, Trainingsanzug. Von den Uniformen gab es wiederum je eine

Sommer- und Wintergarnitur. Eines der Lieblings- Spielchen der uns vorgesetzten 4 Jahre älteren Jungmannen, der Stubenältesten oder Zugführer war es nun, uns zu befehlen, in 3 oder 5 Minuten in einer anderen Garnitur zu erscheinen. Wenn wir das nicht schafften, mußten wir uns noch einmal in wieder einer anderen Garnitur melden. Bei der Meldung mußte vor den Befehlenden stramm gestanden werden mit den Händen an der Hosennaht. Einen Anlaß für diese Strafe fanden die Vorgesetzten leicht. Das konnte sein, wenn einer zu laut gesprochen hatte oder ein anderer seinen Spind nicht richtig aufgeräumt hatte oder ähnliche kleinere Vergehen begangen hatte. Die Garnituren wurden numeriert, und der Befehl lautete dann zum Beispiel: „ in 5 Minuten antreten hier in 3. Garnitur; weggetreten, marsch, marsch!" Dann mußte der betreffende Jungmann losrennen zu seinem Spind und so schnell wie möglich sich umziehen, um in der festgesetzten Zeit sich in der betreffenden Kluft strammstehend bei dem Befehlsgeber wieder zu melden.

Oft hatte der Befehlsgeber dann noch etwas an der Uniform auszusetzen, zum Beispiel, wenn das Koppelschloß nicht in der Mitte des Bauches saß oder wenn Schlips und Knoten nicht richtig gebunden waren. Auch konnte das Umziehen oft nicht in der befohlenen Zeit geschafft werden. In allen solchen Fällen begann das Spielchen dann mit einer anderen Garnitur von vorn. Zwischendurch konnte es auch noch Strafexerzieren geben.

Flacker Lucy – oder wie es richtiger hieß – „Flagge Lucy" – war eine der gefürchtetsten Schikanen im Anstaltsalltag.

Diese und andere Übergriffe gegen uns 10- oder 11- jährige wurden nicht von erwachsenen Erziehern, sondern immer nur von den 14- oder 15- jährigen Jungmannen gegen uns begangen. Die älteren 16 – oder 17- jährigen Jungmannen aus den 6. und 7. Zügen hielten sich damit mehr zurück. Von ihnen hatten wir kaum derartige Dinge zu befürchten.

Beschwerden gegen solcherlei Schikanen vorzubringen wagte niemand von uns; sie hätten auch kaum geholfen, sondern hätten eher noch zusätzliche Nachteile haben können. Es war eine autoritätsgläubige Zeit damals: wer befehlen konnte, hatte immer Recht, wer gehorchen mußte, hatte stets Unrecht. Es war auch ein Teil der von Hitler geprägten nationalsozialistischen Weltanschauung, daß der Stärkere über alles Schwache siegen sollte. Selbst wenn sich einer bei den erwachsenen Erziehern beschwert hätte, dann hätte das bestenfalls für den Moment Erleichterung oder Abhilfe gegeben. Der Beschwerdeführer wäre mit großer Wahrscheinlichkeit nicht anonym geblieben und wäre später der Rache der „Verratenen" ausgesetzt gewesen und hätte keine ruhige Stunde mehr in der Anstalt gehabt. So oder ähnlich waren unsere Überlegungen damals.

Diese Schikanen wurden mit dem militärischen Fachausdruck „Schleifen" genannt. Wer noch nicht richtig „spurte", mußte „geschliffen" werden; oder, wie es auch genannt wurde, sollte auf „Vordermann gebracht" werden, damit er ein „ganzer Kerl" werden sollte.

Wir alle litten unter dem „Schleifen", und besonders ich; denn von zu Hause aus war ich verwöhnt. Mutter hatte, wie es sich für eine Offiziersfamilie gehörte, stets ein Dienstmädchen als Haushaltshilfe, das ihr und auch uns vier Kindern fast alle Arbeit abnahm. Ich war also als Muttersöhnchen gewöhnt, gehätschelt und umsorgt zu werden. Deshalb war der Wechsel vom bequemen Elternhaus ins militärähnliche Internat wie ein Sprung vom lauwarmen ins eiskalte Wasser. Der Sprung verursachte eine Art gelinden Schock.

Aber ich wollte auch ein „ganzer Kerl" werden und kam zu der Erkenntnis, daß das „Schleifen" dafür notwendig sei. Es wurde auch allgemein so hingestellt, daß das Schleifen nur zu unserem besten, nämlich zu einer Art Abhärtung sei. Schließlich wollte ich es selbst nicht anders haben. Es ging mir dabei wie mit der Schwarzsauersuppe, die aus Innereien bestand und die ich als Kind zuerst nicht essen wollte. Nachdem Mutter mir gesagt hatte, daß diese Suppe von den Zwergen im Wald bevorzugt wurde, wollte ich dann nur noch diese Suppe haben, obwohl sie mir nicht schmeckte. Eigenartigerweise schmeckte sie danach aber plötzlich.

Obwohl also die Schikanen unangenehm waren, nahmen wir sie doch als notwendig hin, wollten sie sogar haben, denn wir fühlten uns auf dem Wege zu „ganzen Kerlen" und als die Elite des Reiches, wie es uns immer eingetrichtert wurde. Wir glaubten damals aufrichtig an diese Sache, von der wir heute wissen, daß sie ein riesengroßer Betrug war.

Übrigens waren wir in der Anstalt stets in Uniform gekleidet, niemals trugen wir Zivilsachen. Wir besaßen auch überhaupt keine

Zivilkleidung in unseren Schränken. Alltags hatten wir die olivgrüne spezielle Anstaltsuniform an. Wenn wir das Anstaltsgebiet verließen, oder auch am Sonntag hatten wir die schwarze allgemeine Uniform der Pimpfe und Hitlerjungen an, wie sie auch von der übrigen Jugend in Deutschland zum Hitlerjugend- Dienst getragen wurde. Unsere schwarze Ausgehuniform unterschied sich nur geringfügig von der allgemeinen Uniform.

Da wir ständig in Uniform waren, mußten wir auch beständig grüßen, denn Vorgesetzte mußten immer gegrüßt werden, und davon gab es viele: Stubenälteste, Jungzugführer, erwachsene Lehrer und Erzieher. Eine unserer ersten Aufgaben war deshalb das

Grüßenlernen

Zum Grüßenlernen mußten wir in langer Reihe Aufstellung nehmen und dann einzeln an einem Zugführer (einem etwa 14 Jahre alten Jungmann) vorbei marschieren. Das Grüßen war ein besonderes Zeremoniell, das genau beachtet werden mußte. Beim Vorbei-marschieren an einem zu grüßenden Vorgesetzten mußte mit dem „Hitler-Gruß" das heißt, mit dem erhobenen rechten Arm, gegrüßt werden. In einem bestimmten Abstand vor dem Vorgesetzten mußte der Arm hochgerissen werden, der Blick mußte auf den Vorgesetzten gerichtet sein, und es mußte laut „Heil Hitler!" gerufen werden. Der Arm mußte etwas höher als waagerecht ausgestreckt gehalten werden und mußte erhoben bleiben, bis der Vorgesetzte passiert war.

Während der ganzen Dauer des Grußvorgangs mußte „zackig"
marschiert werden. „Zackig" bedeutete dabei: aufrecht, in guter
Haltung und mit forschem Schritt.

Wir mußten das alles solange üben, bis der Ausbilder (der etwa
14- jährige Jungmann) zufrieden war. Und der war nur dann
zufrieden, wenn alle aufgeführten Einzel-Anforderungen erfüllt waren.
Wer danach später einen Vorgesetzten nicht richtig grüßte, wurde
dem für ihn zuständigen Stubenältesten gemeldet, und dieser
veranlaßte eine erneute Gruß- Ausbildung in unserer Freizeit –
versteht sich!

Aber schließlich lernten wir es. Danach gingen jedenfalls vom
falschen Grüßen kaum noch Sanktionen aus.

Gelände – Spiele

Geländespiele wurden von Zeit zu Zeit veranstaltet. Dafür rückten alle
Züge etwa (200 Jungmannen) – die Anstalt hatte 2 Hundertschaften
von je 100 Mann - ins Gelände aus. Dort angekommen wurden sie in
zwei etwa gleich große Gruppen geteilt. Die beiden Gruppen hießen
Manöver- Armee „Rot" und Armee „Blau". Sie sollten zwei
gegnerische Armeen darstellen, die sich gegenseitig bekämpfen. Die
Gruppen trennten sich im Gelände und entwarfen einen Kriegs- Plan.
Vorher waren noch zwei Anführer bestimmt worden. Das waren meist
ältere Jungmannen aus den 6. oder 7. Zügen und etwa 16 oder 17
Jahre alt. Es waren außerdem bewährte Jungzugführer, die aufgrund
guter sportlicher Leistungen bekannt waren.

Solche Geländespiele waren eine Art vormilitärische Anschauung und
-Ausbildung, jedoch noch mehr spielerisch und jungenmäßig
angelegt. Geschossen wurde dabei nicht. Es wurde auch nicht mit
dem Fahrten- Messer aufeinander losgegangen. Es wurden aber
Taktik und Anschleichen geübt, Angriff und Verteidigung. Wir hatten
unsere Mütze, das „Käppi", vor dem Bauch im Gürtel, (dem „Koppel"),
stecken, und die gegnerischen Jungen mußten nun versuchen, das
Käppi herauszureißen. Wir mußten dasselbe bei den Jungen der
anderen Gruppe versuchen. Während des Angriffs oder der
Verteidigung ging es nur darum. Wem das Käppi herausgezogen
worden war, galt als „tot" und schied beim Geländespiel aus.
Die Geländespiele gab es auch in der allgemeinen Hitler- Jugend, sie
waren also keine Besonderheit der Anstalt. Diese Spiele hatte ich
gern. Bei ihnen fühlte ich mich gleichberechtigt als nützliches und
wichtiges Mitglied unserer großen Gruppe. Während der
Geländespiele konnte es auch keine Schikanen wie Strafexerzieren
oder ähnliches geben.

22. Juli 1944
Mein Vater verliert sein Leben in Griechenland.

Zwei Tage nach dem Attentat eigener deutscher Offiziere auf Adolf
Hitler sei Vater in Griechenland im Auto verunglückt. Diese Nachricht
wurde unserer Mutter von einem höheren Waffen-SS- Offizier Ende
Juli übermittelt. Dieser Offizier war eigens zu diesem Zweck von
Berlin nach Borucin angereist, wo Mutter auf dem Gut ihrer Eltern in

der Provinz Posen, dem späteren Warthegau, den Sommer verbrachte. Vater war Divisionskommandeur einer SS-Panzer-Polizei- Division, die in Griechenland unter anderem zur Bekämpfung gegen Partisanen und Banden eingesetzt war. Die Nachricht von seinem Tod wurde auch im Rundfunk gesendet.

Unserer Mutter wurde ein Album mit Fotos von der Trauerfeier zugesandt. Die Schwester meines Vaters glaubte nicht an einen Unfall. Ein Offizierskamerad meines Vaters sagte später, Vater habe zu viel gewußt und hätte möglicherweise auf ähnliche Weise aus dem Leben scheiden müssen, wie seinerzeit General Rommel. (General Rommel wurde von Hitler zum Selbstmord gezwungen.)

Vaters Tod bedeutete einen großen Einschnitt in meinem Leben. Das Selbstvertrauen, das in der Anstalt durch ständiges Ausgeliefertsein und Unterdrückung sehr beeinträchtigt war, wurde durch den Verlust des Vaters, meines Vorbilds und Idols, noch mehr und grundlegend erschüttert.

Diese starke und in der Kindheit im Alter von 11 ¾ Jahren erfolgte Beeinträchtigung des Selbstbewußtseins wirkte im ganzen Leben und auch im Berufsleben weiter fort, sie bewirkte eine starke Verringerung der Verteidigungsfähigkeit und Verteidigungsbereitschaft gegenüber Angriffen und Impertinenzen von Mitmenschen und Berufskollegen. Sie beeinträchtigte das im späteren Berufsleben notwendige Durchsetzungsvermögen auf das schwerste. Ein gelegentlich stark neurotisches Verhalten während der Zeit nach Schulpforta führe ich auf die zwei dort verbrachten Jahre und auf den Tod meines Vaters im Jahre 1944 zurück.

Der Uniformmantel

Einmal ergab sich die Gelegenheit, meinen alten Uniformmantel auf der Kleiderkammer gegen einen brandneuen einzutauschen. Der alte war zu schäbig geworden. Wir hatten dunkelbraune Mäntel mit schwarzen Schulterstücken, auf denen die Buchstaben: N P E A standen. Die meisten Mäntel hingen an den Jungmannen so ungünstig herab, daß sie aussahen wie Vogelscheuchen. Die wenigsten paßten. Jetzt hatte ich einen schicken, mehr grauen als braunen Mantel, die Schulterstücke glänzten, der Mantel saß einfach fabelhaft und schmeichelte meiner nicht ganz geringen Eitelkeit. Ich war sehr stolz auf dieses gute Stück. Im Geiste nahm ich mir schon vor, im Heimaturlaub damit anzugeben und noch mehr auf andere Jungen herabzusehen, die nicht zur Elite des Reiches gehörten. Vor dem Spiegel meines Spindes drehte ich mich lange und mit Wohlgefallen. Das sahen die Stubengenossen und besonders auch unser Stubenältester.

Es dauerte gar nicht lange, da fragte er mich, ob ich nicht Lust hätte, meinen neuen Mantel gegen seinen alten einzutauschen. Er nannte dabei keinen oder irgend einen nichtigen Grund. Obwohl er vier Jahre älter war als ich, war er schmächtig und figurmäßig nicht viel größer als ich. Der Mantel paßte ihm also auch. Er übte aber keinerlei Druck auf mich aus.

Grundsätzlich wollte ich den Mantel eigentlich um keinen Preis hergeben.

Jedoch überlegte ich: Als Stubenältester war er mein Vorgesetzter; er konnte, wenn er wollte, mich jederzeit nach Belieben schikanieren. Ein Grund ließ sich immer leicht finden. Sollte ich ihm seinen Wunsch abschlagen und seinen Unmut riskieren? Das könnte ein zu hoher Preis für das Behalten bedeuten. Oder sollte ich lieber auf den Mantel verzichten und dadurch sein Wohlwollen oder wenigstens kein Übelwollen erreichen?

Aus Erfahrung wußte ich, wie unerträglich es sein konnte, bei einem Vorgesetzten „verschissen" zu haben. So nannten wir es, wenn jemand bei einem Vorgesetzten unten durch war.

Also probierte ich pro forma - halb und halb war ich schon zum Tausch entschlossen - , bevor es zu spät sein konnte, vor dem Spindspiegel noch einige Male seinen und meinen Mantel, stellte mich so, als ob ich vergleichen würde.

Nach kurzem Überlegen – ich tat nach außen mehr so, als ob ich überlegte, um den Anstand zu wahren, - entschied ich mich für die 2. Lösung: für das Tauschen. Ich tat das gegen meinen eigentlichen Willen und schweren Herzens. Damals lernte ich, daß man nichts behalten konnte, wenn Mächtigere es sich in den Kopf gesetzt hatten, es zu erlangen. Ich bekam also seinen Mantel und sah wieder aus wie eine Vogelscheuche. Später stellte ich fest, daß der unfreiwillige Tausch mir keinerlei Vorteil, allerdings auch - außer dem Mantelverlust - keinen Nachteil vom Stubenältesten einbrachte. Es galt zu jener Zeit als normal und selbstverständlich, daß man

Wünsche der Vorgesetzten, von denen man stets abhängig war, möglichst erfüllte. Dabei sah niemand – und auch mein Stubenältester natürlich - etwas besonderes.

Bodo Baumgarten

Wir Jungmannen mußten, wenn wir zu Vorgesetzten kamen, uns vorschriftsmäßig und militärisch melden. Wenn einer zum Beispiel Müller hieß, mußte er die Hacken zusammenschlagen, still stehen, die Hände an die Hosennaht anlegen und laut und deutlich schreien oder brüllen: „Jungmann Müller meldet sich zur Stelle!"
Bodo Baumgarten mußte also rufen: „Jungmann Baumgarten meldet sich zur Stelle!" Der Baumgarten war ein mehrere Jahre älterer Jungmann als wir. Oft kam er verspätet zum Appellplatz und rief dann ganz kurz und undeutlich seinen Spruch. Das klang dann wie „Bau.... -Stelle!" Es war eine Freiheit, die er sich herausnahm gegenüber dem Hundertschaftsführer vom Dienst, der auf dem Appellplatz die Befehlsgewalt hatte. Wir bewunderten ihn im stillen darum, denn so etwas war nicht ungefährlich und konnte leicht den Unmut der Vorgesetzten herausfordern. Bei uns dachten wir: der hat Schneid!
Er hielt auch mit seiner eigenen Meinung und Kritik an Vorgesetzten und damit am System keinesfalls immer zurück, sondern sagte seine Meinung, was sich nur wenige trauten.

Einmal muß er wohl herausbekommen haben, daß Mitglieder der Anstaltsleitung bei einer Zusammenkunft oder Feier besonders gute Sachen verzehren konnten, die wir sonst nicht zu Gesicht bekamen. Er äußerte sich darüber mißfällig etwa so: „die Bonzen der Leitung fressen und prassen, und wir anderen bekommen solche Sachen nicht - eine Ungerechtigkeit!"

Irgendwie muß das aber herausgekommen sein, jedenfalls wurde Bodo Baumgarten kurzerhand von der Anstalt verwiesen. Die Schwester Karla von der Sanitätsstelle, die sich bereits im mittleren Alter befand und von uns respektloserweise „die Gaaksche" genannt wurde, äußerte sich uns gegenüber dahingehend, daß B.B „mit Schimpf und Schande von der Anstalt geflogen" sei. Warum sagte sie nicht. Vielleicht hatte sie selbst an der Schlemmerei teilgenommen. Ich halte das für möglich. Es fragte sie auch niemand nach dem Grund, warum B.B mit Schimpf und Schande geflogen sei. Wir waren damals gewohnt, nicht zu viel zu fragen.

Einmal hätte man wahrscheinlich sowieso keine richtige Antwort erhalten, und zum anderen wurde Fragenstellen als Frechheit gegenüber den Vorgesetzten und erwachsenen Respektpersonen gewertet. Es wurde fast schon als Aufmüpfigkeit oder gar als Vorstufe zu Kritik und Gehorsamsverweigerung empfunden.

Damals war eben eine andere Zeit als heute. Jeder durfte sich seine eigene Meinung bilden, aber besser nicht zu laut äußern und nicht zu viel fragen. Das alles war so selbstverständlich, daß wir nicht auf die Idee kamen, daß daran etwas nicht in Ordnung sein könnte. Die Wert- und – Unwertvorstellungen waren damals ganz andere als heute.

Auswahlverfahren vor den Ballspielen

Wir spielten oft Handball oder Völkerball. Der Sport stand überhaupt an erster Stelle im Alltag und eigentlich noch weit vor den sonstigen Unterrichtsfächern. Die Mannschaften, die gegeneinander spielen sollten, wurden folgendermaßen vorher aufgestellt: der Jungzugführer bestimmte zwei Jungmannen aus unserem Zug, von denen er wußte, daß sie große „Asse" in den Ballspielen waren. Die beiden wurden als Mannschaftsführer ernannt und durften sich nun ihre Mannschaft selbst zusammenstellen. Sie wählten aus. Sie kannten den sportlichen „Marktwert" ihrer Kameraden und wählten sich natürlich zuerst die nächstbesten Spieler für ihre Mannschaft. Die schwächsten Spieler blieben also bis zuletzt übrig. Das war für die letzten immer deprimierend und demütigend. Ich war meist bei den letzten drei Spielern. Während der Auswahl dachte man immer: hoffentlich nimmt mich jetzt einer. Es war , als wenn man bei jedem Mal , wenn ein anderer gewählt und aufgerufen wurde, eine Ohrfeige bekam. Wer nicht gut im Sport war, verlor schnell an Image und Ansehen und war eine „Flasche". Das sprach sich herum bis zu den vorgesetzten Stubenältesten, und entsprechend war dann auch die Behandlung. Wenn für irgendwelche ehrenvollen Sonderaufgaben von den Vorgesetzten vertrauenswürdige Jungmannen ausgesucht wurden, gab es für „Flaschen" keine Verwendung. Jeder Stubenälteste war bestrebt, möglichst wenig „Flaschen" auf seiner Stube zu haben, damit nicht sein Ansehen den anderen Stubenältesten gegenüber sank. „Flaschen" wurden bei jeder Gelegenheit „geschliffen", um sie „auf Vordermann" zu bringen. So nannte man es, wenn aus einer „Niete" ein ganzer Kerl gemacht werden sollte.

Die Verpflegung in Schulpforta

Das Essen war in der Anstalt nicht sehr üppig, aber ausreichend. Vielleicht war es sogar noch etwas besser als für die allgemeine Bevölkerung. In den Kriegsjahren 1943 – 1945 waren die Lebensmittel rationiert und nur noch mit Lebensmittelmarken erhältlich. Wirklichen Hunger wie nach dem Zusammenbruch nach 1945 hatten wir aber eigentlich nicht. Allerdings waren wir in einem Alter, wo Jungen ständig Appetit haben. Darum konnten wir nie genug bekommen. Einmal ergab sich für mich die Gelegenheit, in der Küche den Frauen beim Brotschneiden helfen zu dürfen. Dabei klaute ich mehrere Brotkanten und Brotscheiben und steckte sie dann in die Hosenbeine, die unten zugebunden waren. Solche Hosen trugen wir. Sie hießen Überfallhosen, weil sie am Knöchel zugebunden waren und sodann über die Waden nach unten fielen. Das Brot verteilte ich später an die Stubenkameraden und behielt selbst einen besonders großen Anteil. So hatte ich für uns etwas Zusätzliches zum Essen „organisiert." (Klauen wurde damals „Organisieren" genannt). Das Verteilen an die anderen war nicht ganz uneigennützig. Es steigerte mein Ansehen bei den Stubenkameraden und besonders auch - was wichtig war - beim Stubenältesten, von dem wir immer abhängig waren.

Pakete von zu Hause

Einer unserer obersten Grundsätze hieß: Kameradschaft untereinander! Es sollten alle gleiche Vorteile und gleiche Nachteile haben. Irgendwelche Privilegien unter Jungmannen im gleichen Rang oder im gleichen Verband sollte es nicht geben. Einer der gleichen Verbände war die Stubengemeinschaft. Bekam nun einer der Stubengemeinschaft ein Paket von zu Hause, so durfte er es nicht behalten, sondern mußte es mit der Stubengemeinschaft teilen. In den Paketen waren meist Kuchen oder Äpfel oder sonstige Leckerbissen, die sich die Eltern in der Zeit der knappen Lebensmittel vom Munde abgespart hatten. Für den, der das eigentlich haben sollte, blieb so gut wie nichts. Den Vorteil hatten diejenigen, die keine Pakete von zu Hause erhielten. Einmal bekam ich ein Paket von meiner Mutter. Es enthielt nicht viele Leckereien, keinen Kuchen, sondern als Hauptteil lediglich einen Maiskolben aus der Landwirtschaft der Großeltern in Borucin (Warthe-Gau). Einesteils war es mir peinlich, ich merkte den Blick des Stubenältesten, als im Paket kein Kuchen zum Verteilen war. Andererseits freute ich mich, daß der gierigen Stubengemeinschaft ein Schnippchen geschlagen worden war; denn einen Maiskolben konnte man schlecht verteilen, den durfte ich behalten.

Reiten, Schießen, Segelfliegen

Im Prospekt für die NPEA Schulpforta standen unter anderem auch obige drei Sportarten. Schießen war reguläres Unterrichtsfach. Es wurde mit Luftgewehren auf Scheiben geschossen, die Ringe wurden gezählt und bewertet. Während des Schießens beaufsichtigten uns ältere Jungmannen aus den vierten Zügen.

Ich kann mich aber nicht erinnern, daß wir oder andere Jungmannen geritten sind. Vermutlich waren die Pferde im Krieg zum Militär eingezogen, sodaß diese Sportart zwar im Frieden, nicht aber im Krieg geboten wurde.

Dagegen kann ich mich noch gut an das Segelfliegen erinnern. Das gab es allerdings nicht für uns 11- 12 – jährigen, sondern nur für ältere Schüler ab 14 – 15 Jahren. Das Segelflugzeug wurde zu einer kleinen Hügelkuppe gebracht, und dort durften wir an langen Gummiseilen ziehen und den Abhang hinunter laufen, um das Flugzeug zu starten. Am Heck des Flugzeuges saß die sogenannte Haltemannschaft bestehend aus etwa 8 – 10 Jungen. Sie hatten die Aufgabe, das Flugzeug festzuhalten, bis der mit Sturzhelm auf dem Pilotensitz angeschnallte Flugzeugführer das Kommando zum Starten gab. Wir anderen etwa je 10 Mann vor dem Flugzeug rechts und links an zwei dicken Gummiseilen postierten Leute der sogenannten Startmannschaft hatten die Aufgabe, das Segelflugzeug katapultmäßig in die Luft und zum Fliegen zu befördern. Das Fliegen war dann allerdings mehr ein Gleiten, denn sehr weit und hoch in die Luft kamen die Jungmannen dabei nicht. Immerhin aber schwebten sie eine Zeit lang über dem Boden.

Der Pilot gab das Kommando: „Haltemannschaft!" --- die
Haltemannschaft antwortete im Chor: „Fertig!" --- Der Pilot gab das 2.
Kommando: „Startmannschaft!" --- Diese antwortete im Chor: „Fertig!"
--- Darauf wieder der Pilot: „Ausziehen!" Darauf zog die
Startmannschaft – also wir – die Seile straff aus; dann wieder der
Pilot: „Laufen!" ---- Jetzt mußten wir an und mit den Seilen laufen, bis
der Pilot das Kommando: „Los!" gab, dann mußte die
Haltemannschaft am Heck loslassen, und das Flugzeug schnellte in
die Luft. Es machte jedesmal eine Menge Spaß, obwohl wir selbst
nicht fliegen durften. Richtig weit oben in der Luft im Aufwind habe ich
nur einige Male unseren erwachsenen Fluglehrer gesehen. Nur er
war wohl dazu befähigt oder berechtigt.

Die Reglementierung mit der Klingel

Kurz vor dem Aufstehen blies der Hornist vom Dienst draußen im Hof
in sein Horn. Bald darauf ging eine laut tönende elektrische Klingel,
und der Zugführer vom Dienst rief laut und vernehmlich: „aufstehen!"
durch den Schlafsaal. Das war so etwa um 6.45 Uhr. Danach liefen
wir in die Waschräume zum Waschen. Gegen 7.20 Uhr tönte wieder
die Klingel, diesmal wurde gerufen: „Fertigmachen zum Raustreten!"
Etwa um 7.30 Uhr ging erneut die Klingel, und der Zugführer vom
Dienst rief jetzt: „Raustreten zum Appellplatz!" Dann mußten wir
antreten in Reih` und Glied. Es erschallten militärische Kommandos:
„Erste Hundertschaft stillgestanden!" – Zur Meldung die Augen links!"

Nun meldete der Zugführer vom Dienst (Z.v.D.) dem erwachsenen, uniformierten Erzieher: „Erste Hundertschaft mit 89 Mann angetreten, 2 Mann Wache, 4 Mann krank, 5 Mann Urlaub!" Der Erzieher nahm die Meldung entgegen und dankte, worauf uns der Z.v.D. nach den weiteren Kommandos: „Rührt Euch!" und „Weggetreten!" zum Frühstück entließ. Nach dem Frühstück ging es dann am Vormittag zum Unterricht.

Übrigens waren alle Jungmannen, der Zugführer und der Erzieher in der olivgrünen, militärischen Anstaltsuniform, die wir am Alltag immer trugen. An Sonn- u. Feiertagen trugen wir schwarze Uniformen.

Prügel mit dem Stock

Unser Lateinlehrer, Herr Olbrich, war ein strenger Pädagoge, aber wir lernten bei ihm etwas. Waren unsere Leistungen gut, dann lobte er uns. Waren sie einmal weniger gut oder schlecht, dann meinte er, daß einige Stockschläge das richtige Mittel wären, um unsere Leistungen wieder zu verbessern. Er schlug aber nicht im Unterricht, sondern ließ uns nachmittags zu ihm auf sein Zimmer kommen. Dort mußten wir antreten und dann unsere Zuteilung empfangen. Im Unterricht wäre es auch deshalb nicht passend gewesen, weil er, wie wir auch, in der Lateinstunde Uniform trug, und deshalb Schläge auf das blanke Hinterteil in diesem Rahmen wohl unpassend erschienen wären. Er mußte ja außerdem auch unterrichten, und das ganze Schauspiel hätte den Unterricht nur gestört. In seinem Zimmer erhielten wir einige Stockschläge auf das blanke Gesäß. Das tat weh, schlimmer

aber war die Demütigung, weil uns doch immer eingetrichtert wurde, daß wir als die Elite des Reiches eine besondere Ehre hätten. Wir machten dann wohl auch einmal unserem Unmut darüber Luft, zuerst einigen unserer Stubenältesten gegenüber, danach wohl auch gegenüber den erwachsenen Erziehern. Einige Zeit später hörten diese Prügel dann plötzlich auf. Vermutlich war Herr Olbrich von höherer Stelle zurück-
gepfiffen worden. Es gab dann nie wieder Prügel mit dem Stock. Eine andere Besonderheit gab es noch mit Herrn Olbrich: er trug als Unterwäsche eine sogenannte Hemdhose. Das war Hose und Hemd in einem Stück. Sie hatte vorn eine Reihe von Knöpfen und außerdem noch vorn und hinten je einen Hosenschlitz. Nachdem das einige von uns gesehen hatten, wurde ihm respektloserweise der Name „Hemdhose" verliehen. Übrigens war er klein von Statur, schmächtig und hatte eine Halbglatze.

Musiklehrer Zugführer Zingelmann

Der Musiklehrer, Herr Zingelmann, hatte dunkle, nach hinten gekämmte Haare. Wenn er am Klavier saß und uns unterrichtete, warf er seinen Kopf in den Nacken, bevor er zu spielen anfing. Er trug auch im Unterricht die braune Uniform mit der Hakenkreuzbinde am Arm. Viel sprach er nicht. Ich hatte den Eindruck, daß er uns ansah, als meinte er, er müßte seine „Perlen vor die Säue werfen!", wenn er sich dazu herabließ, uns zu unterrichten. Obwohl er Uniform trug und den Rang „Zugführer" hatte, führte er keinen Zug. Vielleicht war er als Künstler dazu nicht geeignet oder sich zu schade, vielleicht auch beides? Genau weiß ich das nicht. Möglicherweise sprach er deshalb so wenig und so leise, weil er meinte, daß das Gerede und noch dazu lautes Gerede der Musik abträglich war. Kurz und gut: er behandelte uns Schüler von oben herab. Ich hatte von Anfang an keine besondere Zuneigung zu ihm. Vielleicht war das gegenseitig! Im Unterricht mußte das Musik- Notensystem gerade gelernt werden. Das machte mir besondere Schwierigkeiten, und ich hatte dazu keine Lust. Er nahm mich im Unterricht einige Male dran; danach dann nicht mehr. Ich war es zufrieden und atmete auf. Danach tat er so, als wenn er sich für mich nicht mehr interessierte. Mich interessierte die Musik auch nicht mehr. Im Zeugnis am Ende des Schuljahrquartals hatte ich dann als Note eine 6 stehen, was ungenügend bedeutete und die schlechteste Zensur war. Das hatte ich nun davon!

Erdkundelehrer Röhring

Unser Erdkundelehrer war ein wohlbeleibter und gemächlicher Mann. Er bewegte sich seiner Figur entsprechend und watschelte etwas. Der Aussprache nach konnte er aus Süddeutschland, vielleicht aus Baden-Würtemberg stammen. Als einer von uns sein Pensum nicht ordentlich gelernt hatte, sagte er einmal:"Schedtschien Schlampsack, dei Fümf hoscht weg!", was auf hochdeutsch soviel bedeutete wie: „Setz dich hin, Schlampsack, deine Note 5 hast du weg" – also im Merkbuch erhalten. Herr Röhring unterrichtete uns und war auch in seiner Freizeit nur in Zivilkleidung. Möglicherweise war er seiner dicken Figur wegen nicht für würdig befunden worden, die Erzieheruniform tragen zu dürfen, oder er selbst legte keinen besonderen Wert darauf, oder beides. Auch trug er, soviel ich mich erinnere, eine Brille mit dicken Gläsern, mußte also wohl kurzsichtig gewesen sein. Er aß gern auswärts im Gasthaus und ging dafür zu einem an der Saale in idyllischer Landschaft gelegenen Restaurant, welches „Fischhaus" hieß. Vermutlich trank er dazu dann auch einen guten Tropfen. Wir Jungmannen machten manchmal unsere Scherze über Ihn und sagten dann: jetzt geht er wieder ins Fischhaus und schlägt sich den Wanst voll! Vielleicht war er ein „Gierwanst". Das war bei uns Jungen ein geflügeltes Wort; wir nannten solche unserer Kameraden, die beim Essen den Hals nie voll genug bekommen konnten, einen Gierwanst.

„Flaps"

Unser Mathematiklehrer war ein spaßiger Typ. Er schielte stark. Sein richtiger Name will mir nicht mehr einfallen. Nur der Spitzname ist fest im Gedächtnis haften geblieben. Er war nur Lehrer, nicht Erzieher, trug keine braune Uniform und machte im Unterricht seine Späße. So ging er einmal mit den Füßen zu unserer aller großen Belustigung über mehrere Schulbänke. Die Klasse johlte vor Entzücken. In den anderen Klassen tat er es, wie sich allgemein erzählt wurde, ähnlich. Darum wohl gaben ihm die Jungmannen den Namen „Flaps", was soviel bedeutete wie drolliger Typ, der es mit den Manieren und dem

Benehmen nicht so genau nahm. Wie sich ein solcher Lehrer an der nationalsozialistischen Eliteschule halten konnte, ist mir heute etwas schleierhaft. Es mußte sich doch allgemein auch bei den Erziehern und der Anstaltsleitung herumgesprochen haben, welche Freiheiten er sich im Dienst leistete. Vielleicht war er ein besonders guter Mathematiker, oder aber er genoß eine Art Narrenfreiheit, weil er so schielte.

„Heulo"

Einmal hörte ich, wie ein älterer Jungmann aus einem der höheren Züge (Klassen wurden ja Züge genannt) einem seiner Kameraden zurief: „Du sollst mal zu Heulo kommen!" Da ich nicht wußte, wer das war und wer so genannt wurde, erkundigte ich mich danach und erfuhr, daß ein älterer Lehrer so genannt wurde, weil er einmal während des Unterrichts geweint haben soll. Dieser Lehrer unterrichtete, wenn ich mich recht erinnere, im Fach Philosophie. Er trug wie die meisten Lehrer und Erzieher auch im Unterricht die braune Uniform mit der roten Hakenkreuzbinde. Es ist für mich schwer vorstellbar, wie ein uniformiertes Vorbild an einer NPEA im Dienst geweint haben kann. Vielleicht wurde die Geschichte auch entstellt oder übertrieben berichtet. Jedenfalls wurde er fortan respektlos von uns Rüpeln „Heulo" genannt.

Die Kirche auf dem Anstaltsgelände

Im Areal der NPEA Schulpforta befand sich auch eine schöne kleine alte Kirche. Wir Jungmannen gingen aber nie offiziell zur Kirche. Es wäre auch niemand von uns auf die Idee gekommen, zum Gottesdienst zu gehen. Ich kann mich ebenso nicht erinnern, daß jemals ein Gottesdienst dort stattgefunden hat in meiner Zeit zwischen den Jahren 1943 und 1945. Auch Zivilleute wie das Anstalts-Verwaltungspersonal gingen wohl nicht hin. Es war verpönt, zum Gottesdienst zu gehen. An seine Stelle war der Dienst für den Führer getreten. Selbst die allgemeine Hitler-Jugend wurde ja dadurch vom Kirchgang ferngehalten, daß mit Vorliebe der „Dienst" auf den Sonntagvormittag in die Kirchzeit gelegt wurde. Für uns Napola-Schüler wäre es undenkbar gewesen, in Uniform oder selbst in Zivilkleidung zur Kirche zu gehen. Der Nationalsozialismus hatte kein gutes Verhältnis zur Einrichtung Kirche. Umgekehrt war es ähnlich, besonders, was die katholische Kirche anbetrifft.

Die katholische Kirche sah im Nationalsozialismus reinen Atheismus, der ständig gegen ihre Gebote verstieß.

Der Nationalsozialismus sah in der Kirche einen gefährlichen Gegner, der seiner Meinung nach beständig gegen ihn und seine Einrichtungen offen und verdeckt hetzte.

Jeder sah im anderen also wohl seinen Todfeind.

Für uns Napola- Jungen gab es also keinen gemeinsamen Kirchgang mit Gottesdienst in Schulpforta. Ich kann mich auch nicht erinnern, daß woanders hin, etwa nach Bad Kösen oder Naumburg, zur Kirche gegangen wäre. Selbst einen solchen Wunsch gegenüber unseren Erziehern zu äußern, wäre uns als abwegig erschienen.

Es gab aber einen Weg, in das Gebäude der Kirche in Schulpforta hineinzukommen. Zwar nicht durch die Tür, aber heimlich aus einem der für uns zugänglichen Gebäude des Klosters. Einer aus unserem Zug hatte diesen Durchschlupf gefunden.

In unserer Freizeit saßen wir dann manchmal zu zweit oder zu dritt in einem versteckten Winkel der Kirche. Dort konnten wir uns unterhalten und reden, wie wir wollten. Kein Vorgesetzter konnte uns belauschen. Zwar hielten wir dort keine Andacht ab, sprachen auch keine Gebete, es war aber richtig gemütlich, und wir fühlten uns wohl. Dort hatten wir eine Art „Refugium". An diese entspannten Augenblicke des Ungestörtseins und der Muße erinnere ich mich gern. Wir waren ja auch sonst immer im Dienst, immer in Uniform und immer unter Kontrolle. Deshalb genossen wir das Ungestörtsein im Versteck um so mehr. Wir besprachen alles Mögliche, bauten Luftschlösser und redeten über unsere Wünsche und Vorlieben.

Im Luftschutz- Keller

Bei Fliegeralarm – meistens nachts – mußten wir wie alle Landsleute auch die Luftschutzräume aufsuchen. Fliegeralarm gab es oft in den Nächten. Unsere Luftschutzräume waren unterirdische Räume mit Deckengewölben, jeder einzelne Zug hatte seinen eigenen Keller. Durch die Deckengewölbe sahen die Keller aus wie Weinkeller, es gab aber natürlich keinen Wein dort! Es gab große durchgehende

Holzpritschen, auf denen wir liegen konnten. Beim Fliegeralarm
hatten wir stets unsere Mäntel angezogen, waren unbeweglich.
Einmal hatte ich aus irgendeinem Grund Streit mit einem Kameraden
im Luftschutzkeller. Er war etwas stärker als ich und nahm mich in
den „Schwitzkasten". Wegen der angezogenen Mäntel bekam ich
bald keine Luft mehr und rief verzweifelt :" Ich kriege keine Luft mehr!"
Er aber hörte nicht gleich auf zu drücken, ob er mich nicht gehört
hatte oder nicht hatte hören wollen, weiß ich nicht mehr. Jedenfalls
war ich, als er endlich begann, seinen Griff zu lockern, nicht weit weg
vom Ersticken. Es war wohl auch keine Aufsichtsperson anwesend
gewesen beziehungsweise gerade mit anderen Dingen beschäftigt.
Übrigens wurde die Anstalt zu keiner Zeit von alliierten Flugzeugen
angegriffen, wohl aber die nahe gelegene Stadt Naumburg.

Die Fronten rücken näher

Zu Ende des Jahres 1944 rückten die Fronten näher. Im Westen
waren die Alliierten mit einer gewaltigen Übermacht an Kriegsmaterial
und mithilfe ihrer absoluten Luftherrschaft in Frankreich gelandet und
näherten sich immer mehr den deutschen Grenzen. Im Osten rückten
die Sowjets, die riesige Mengen an Kriegsmaterial von den
Westalliierten geliefert bekommen hatten, unaufhaltsam vorwärts. Die
Überlegenheit unserer Gegner war erdrückend. Kein vernünftiger
Mensch konnte noch am Ausgang des Krieges zweifeln. Dennoch
wurde in der deutschen Propaganda immer noch vom Endsieg und
von irgendwelchen Wunderwaffen gefaselt, die den deutschen

Endsieg noch herstellen würden. Wir Jungen glaubten stets daran. An einer Außenmauer des Schulfortenser Anstaltsgeländes stand in großen Buchstaben geschrieben: „Wir kapitulieren nie!" In einer Latein- Arbeit bekamen wir als Text zu übersetzen, daß wilde Horden aus Asien über unser deutsches Vaterland herfallen, rauben, plündern und morden würden. Im Erdkundeunterricht wurde der Fluß Oder an die Tafel gemalt als blaues Band, und daran wurden dann Städte wie Breslau, Glogau oder Küstrin rot gezeichnet, und von Osten als große Pfeile wurden die Bewegungen der sowjetischen Panzerspitzen eingezeichnet. Ich fand das alles nicht nur aufregend, sondern auch abwechslungsreich und freute mich über die bunten Zeichnungen. Das alles brachte Veränderungen in unseren Alltag.

Zu jener Zeit hatte ich noch keine Ahnung davon, welches Leid und welche Schrecken mit dem Einfall der roten Armee in die deutschen Ostgebiete verbunden war. Ich wußte nichts davon, daß nun auch unschuldige deutsche Menschen dafür büßen mußten, was verbrecherische Organe der deutschen Reichsregierung jahrelang ausländischen Menschen in den besetzten Gebieten und in den Konzentrationslagern angetan hatten.

Die NPEA Schulpforta und das Ende
des dritten Reiches

In die Osterferien 1945 fuhr ich zu meiner Mutter und Geschwistern nach Jena, wo unsere Familie wohnte. Das war mit der Bahn etwa eine knappe Stunde Fahrzeit. Die meisten Jungmannen fuhren während der Schulferien in ihre Heimatorte. Insbesondere fuhren regelmäßig jene, die es nicht sehr weit nach Hause hatten. In der Osterzeit 1945 rückten die amerikanischen Truppen weiter nach Osten vor, sie waren aber noch nicht bis nach Jena gekommen. Sie bombardierten immer noch deutsche Städte und besonders auch das Eisenbahnnetz. Die Züge fuhren deshalb erstens recht unregelmäßig und zweitens waren sie meistens stark überfüllt mit Reisenden. Als nun die Osterferien vorüber waren, wollte ich mit der Bahn über Bad Kösen nach Schulpforta zurückfahren. Meine ältere Schwester brachte mich zum Bahnhof. Der Zug war aber so restlos überfüllt, daß an ein Hineinkommen nicht zu denken war. Wir sahen das, und meine Schwester entschied, daß ich nicht einsteigen und nicht fahren sollte. Darüber war ich an sich ganz froh. Meine Sehnsucht nach Schulpforta hielt sich nämlich sehr in Grenzen. Also gingen wir wieder nach Hause, und ich blieb in Jena. Wenig später rückten die Amerikaner auch in Jena ein, und der Krieg war zu Ende. Nach Schulpforta fuhr ich einige Zeit später mit meiner Mutter noch einmal, aber nur, um noch einiges von meinen dort verbliebenen Sachen zu holen. Von den Sachen war aber nicht mehr viel da, weil inzwischen irgendwelche ausländischen Kinder diese Sachen übernommen hatten. Dort hörten wir dann auch, daß beim Anrücken der Amerikaner noch einige der älteren Jungen bei der Verteidigung gefallen seien. Danach war meine Schulzeit in Schulpforta beendet. Die Internatschule wurde später unter kommunistischer Regie weitergeführt, ich aber blieb in Jena und besuchte dort die Schule bis zum Abitur im Jahre 1951.

Der spätere Lebensweg

Nach dem Abitur in Jena im Jahre 1951, ging ich im Spätherbst 1951, meine Mutter und die beiden jüngeren Geschwister lebten noch in Jena, durch Vermittlung eines westdeutschen Bekannten zur See. Ich fing als Schiffsjunge an und diente mich hoch bis zum Schiffsoffizier der Handelsflotte. Anschließend besuchte ich die Seefahrtschule in Hamburg und erhielt 1962 das Kapitänspatent auf großer Fahrt A6.

Im Jahre 1964 heiratete ich und arbeitete einige Jahre an Land. 1969 trennten wir uns wieder. 1970 begann ich ein Jura- Studium, nachdem Erkundigungen ergeben hatten, daß Kapitäne, die gleichzeitig Juristen seien, gute berufliche Möglichkeiten hätten.

Im Jahre 1975 bestand ich das 1. juristische Staatsexamen; 1978 bestand ich das Assessorexamen.

Leider ergaben sich dann wenig Möglichkeiten, beide qualifizierten Ausbildungen in einer beruflichen Tätigkeit zu kombinieren.
So war ich im späteren Leben abwechselnd als Jurist und auch als Schiffsoffizier tätig.

Seit 1995 lebe ich in Schleswig-Holstein im Ruhestand.

Hamburg, im April 2000

Hartmut Vahl

Anmerkung: die Namen der genannten Personen wurden verändert

Inhaltsverzeichnis

Inhaltsverzeichnis (Fortsetzung)

Inhaltsverzeichnis (Fortsetzung)

Inhaltsverzeichnis (Fortsetzung)